내일도 출근하는

당신에게 드립니다

세번째 이직

김대리 지음

마음세상

김대리가 갑니다

직장을 그만둔다고 생각했을 때의 두근거림. 머리를 꽁 꽁 싸매고 앓다가 돌연 그만두기로 결정했을 때의 홀가분 함. 또다시 구직을 해야 하는 부담감 속에서도 퇴사는 삶 에 신선한 자극을 주기도 합니다.

되도록 한 직장에 오래도록 다니고 싶지만, 그것도 운이 좋아야 가능하지요.

어릴 때나 적성이 중요했지, 혼자 힘으로 살아나가야 한 다고 생각하면 하고 싶은 일보다 해야 하는 일로 뛰어가게 되더군요.

저, 김대리는 어렵게 세번째 이직을 감행했습니다. 환경 과 사람이 바뀌어서 적응하는데 시간을 많이 버리지만, 그만큼 배우고 성장하고 있답니다. 경력자가 된다는 것은 기쁜 일이에요.

이 책에는 회사원이라면 느낄 애환을 담아보았어요. 무거운 내용은 아니고 업무에 지친 당신에게 웃음과 공감을 주기 위해 만들어졌어요. 그래서 동료들과 즐겁게 읽어주시면 되겠어요.

아무것도 하지 않는 것보다 무엇이라고 하고 있는 것이 중요하지요.

지금 일하는 당신의 모습이 가장 아름답다는 걸 아세요?

일하는 사람의 어깨는 무겁지만 힘이 들어가 있습니다.

우리 함께 힘내요!

김대리 드려요.

합격은 해서

출근은 하지만

주변에는

한 달은 다녀보고

취직했다고 말하자.

기쁘긴 일러

회사 그만뒀다고 말할 땐

시원한데

회사 옮겼다고 말할 땐

좀 작아져.

그냥 잘 다니고 있다고 그럼 돼

사무실에 앉아있는데

갑자기

콧물이 나고

열이 난다.

맞은편 직원이

내 낌새를 알아차리고

갑자기

나에게

페퍼민트 티백을 준다.

어머나, 별로 안 친한데…
페퍼민트의 세계로 열어주신 분

급여가

그러니까 130만 원이다.

친구들끼리 모이면

연봉 이야기는 못한다.

대학은 왜 나왔는지

폴더 전화기를 한번 폈다 접었다.

나도 모르게 방귀가 뿡

연봉에 포함되어 있다는 퇴직금.

1/13로 나누면 된다는데

잘 모르겠다.

퇴직금이 들어가고도

알바비 같은데.

13월의 행방

이 부장은

아로마 향수를 즐기고

양 차장은

꽃향기 향수를 즐기고

서 과장은

견과류 같은 향수를 즐기고

그들이 모두 모이면

나는

…

후각은 마비중

회사에 청소 담당자가 없다.

토요일에는 1시에 마친다.

점심 시간 없이 퇴근

밥은 없다.

퇴근 후에는

청소 시작.

출퇴근 시간만 세시간인데.

토 요 일 의 의 미

근무하면서

알아서 쉬어야 한다.

쉬는 시간이면

은근히

취업 싸이트를 뒤져본다.

주 5일이기만 해도.

어, 이런 공고가…
흔들린다

취업 사이트 검색어에

자주 치는 검색어는

연봉, 업종, 지역이다.

퇴사와 이직을 하고 나서 좀 바뀌었다.

자주 치는 검색어는

'사무실 혼자'

세상에, 인기검색어다

나보다 나을 것도 없어 보이는 애가

내가 가고 싶었던 회사의

셔틀버스를 탄다.

사람은 저마다 자기만의 복이

오늘은 회식이다.

하필 부장과 마주 앉았는데

20분째 자기 자랑이다.

20분 째 인내심과의 대결이다.

맛있는 거 사주면 용서하는 내가···

너 없이 난……

컨트롤 Z

심혈을 기울여 작업을 했던 나는

거래처 담당자가

밥을 사준다고 했다.

그래서 쫙 빼입고 동기들과 상사와 나갔더니

그 담당자는 나는 본척 만척하고

예쁜 내 동기에게는 친절하게 대해준다.

열심히 일만 하는 사람은

이렇다.

이 놈이…

같이 밥 먹는 팀원은

나 포함 셋

오늘 한 사람은 결근을 하고 (다른 회사 면접?)

한 사람은 점심시간에 은행에 가야 한단다.

오늘은 혼자 밥 먹어야 한다.

식당에 혼자 갔다가

떠들썩한 분위기를 보고 놀라

금방 다시 튀어나왔다.

같이 밥 먹을 사람이 없다는 건

참 쓸쓸한 일이다.

괜히 은행 간 그 친구에게 섭하다.

혹시 그녀도?

왠지 모를 이 반가움의 정체는

주말, 시내를 쏘다니다 같은 회사 직원을 봤을 때

늦게 입사했더니

먼저 온 선배라는 동생님이

대뜸

자기에게

언니라고 부르란다.

퇴직하고 두고 보자.

언니~~ 언니~~

상사님이

나를 쫓아내려고 아주 단단히 마음을 먹었다.

일주일째 나에게

아무 일도 주지 않는다.

잘 놀고 있다가 살 길 알아봐야지

경력이 좀 부족하네요.

비슷한 예도 있었는데

별로 결과가 좋지 않았어요.

세 번 부재중 통화가 남아 있어

참여한 면접 자리.

그럼 왜 부른 건가?

늘 하던 일을 틀리면

그건 실수라고 넘어가지만

믿었던 것에

뒤통수 맞을 때는

바보 같아 내 자신이

이런 돈도 있다.

떨어져도 기분 상하지 않다.

면접비

잠깐 얘기 좀 하자.

먼가 등줄기에 서늘한 기운

정말 친하게 지내던

회사 동료들이

다 함께 사표를 준비한단다.

어쩌지

난 병원비도 내야하고

핸드폰 요금에

경조사비도 있는데

어쩌지.

의리가 발목 잡네

복날이라 사장님이 삼계탕을 쏘신단다.

도시락 싸오고

점심 식사대를 현금으로 받고 있었는데,

복날에

식사대를 받지 못했다.

복날이 없어졌음 좋겠다

백수되어

이력서를 내기 바쁜데

전에 친하게 지냈던 선배가

같이 일해보자고 한다.

적응은 쉽겠다

한번 회사를 들어가면 백발이 될 때까지 다녔던 세대는

왜 자꾸 회사를 바꾸냐고 타박한다.

몰라서 물어요.

사표는 자의에 의해 쓰는 게 아닙니다.

타의라고요.

밀려났습니다, 실은.

나보다 더 좋지 않은 대학에 간

친구는 나보다 더 연봉이 높다.

그 친구가 한때 날 부러워했던 게 신기하다.

그 친구가 소개팅할 남자는 일단 두명인데

하나는 일류대 출신인데 중소기업에 다니고

또 다른 사람은 중상위 대학 출신이나 전문직이란다.

대기업에 다니던 친척은 지금은 그만뒀다.

반면 중소기업에 들어간 내 친구는

아주 잘 다니고 있다.

일류대에 일류 직장에 높은 연봉을 받던 엄마 친구 아들은

어느 날 교통 사고로 허리를 다쳐서

마누라가 이혼 소송 준비중이란다.

세상만사···

상사의 아들이

난치병이 있어 입원했는데

모른 척 하기가 그래서

동기들과 병문안을 다녀왔다.

그래서 날 좀 잘 봐주겠지 했는데,

이 여자가 대뜸 하는 말이

병문안 안 온 사람들을 씹어댄다.

가지 말걸.

가지 말걸.

죄송합니다.
제가 사건의 발단입니다.

어, 뭐지?

그린라이트인가.

갑자기 사무실에서 요가하는 이 대리를 보며

입사하고 주어지는 업무란

남들이 하기 싫어서

다 떠넘기는 일들.

이직 첫날의 아침

처음에 잘 배웠어야지

지 편한대로 일하고 싶은 자의 자기 합리화

면접 보러 오라는 전화에 오호라

최종 합격 소식에 야호

첫 입사 날에 두근두근

한달쯤 지나 기진맥진

여섯 달쯤 지나 아이고

일년쯤 지나

경력 채우려면 2년 남았다.

내 생의 바이오그램

사장님의 조카라는 박 부장

그는

가끔 이런 말을 회사 사람들한테 한다.

"너, 여기서 하는 일이 뭐야?"

50점 따고 들어온 자의 위엄

한달이라

일했는데

돈 한 푼 받지 못했다.

받을 돈보다 기분이 더 상하겠지

늘 입사할 때마다

하는 고민

팩스는 어떻게 보내는 걸까?

네가 제일 무섭다

회사 메일을 확인하는데

이력서들이 왔다.

프린트해서

부장한테 가져다 주려는데

오호라

대학 때 만난 친구의 친구 이력서가 있다

너나 나나…

상사 말이

여직원들보고

계단 오를 때

힐 소리 딱딱 내지 말라고 합신다.

그런 상사가 나한테는

할머니 신발 좀 신고 다니지 말라고 타박을 하신다.

어쩌라고

댁이

제 월급 주는 거 아니잖아요?

왜 까칠하게 굴어

그대가 있어 내 삶의 의미가

컨트롤 C + 컨트롤 V

왜 하필 난데.

갑자기 연료가 바닥난 커피머신 앞에서

열 받아 퇴사하는 날이면

어떤 이는

회사 메일의 보낸 메일함을

삭제해버린다고 한다.

신개념 용자

회사의 책상은

언제나 남이 쓰던 책상

내 앞에 누구였는지

정말

즐겨찾기가 일목요연하다.

기분 좋게 나갔나 보네

입사 둘째날

상사가 나에게 전화번호부 같은

두꺼운 책자를 줬다.

알고 보니

거대 문구류 카달로그다.

필요한 거 있으면 신청하란다.

평소 갖고 싶었는데 눈팅만 했던 것들이 있다.

좋은 회사다.

득템 완료

똑바로 해.

지켜보겠어.

자, 이제 잔소리가 끝날 타임

수퍼에 갔는데

주인 아줌마가 틱틱거린다.

어떻게 번 돈인데

그런 아줌마 돈 벌게 해주고 싶지는 않다.

파격 세일을 하지 않는 한

그 수퍼는 가지 않으리.

돈 벌 때도 을, 돈 쓸 때도 을

친구는

결혼하려는데

예비 시댁이 예단비로 천만 원을 부르고

혼수비용 3천만 원 넘게 나가고

시동생 결혼하는데 돈도 보태라고 하길래

그냥 치워버렸다.

파혼한다니 멋있었다.

그 돈을 노동력으로 환산해봐

사장한테 깨진 상사가

아이디어 나오는 것만

부하직원에게 닦달한다.

그리고 자기가 한 척 하겠지

짠하네.

회사 단체 사진에서의 내 모습

가끔 이런 사람이 있다

"넌 내가 뽑았어."

이로써 약점 잡힌 건가

일 배우느라 정신 없다가
이제 손에 익어서
쉬워졌다.
출근해서
퇴근하기까지
그냥 할 만하다.

나는 어디에

내 직속 상사에게는

정적이 있다.

둘이라 아주 으르렁거리는데

가관이다.

직속 상사도 엔간히 힘든 모양이다.

어느 날 사장님이 말하길,

많이 도와드리란다.

내게도 라인이

부장님은

경리 자리가 공석이 되자

자기 아는 사람중에 괜찮은 사람이 있다며

늙다리 여자를 소개했다.

다니던 회사가 부도가 나서

백수였던 그녀는 당당히 입사했는데,

놀랍게도 그녀는

자신을 천거했던 부장님을 회사에서 왕따시켰다.

지금도 그녀는

레전드로 기억되고 있다.

내 회사생활에서.

부디 부자되라

제일 잘나가.

네가 가장 위험하다

회사에 전화가 오면

머리카락이 주뼛 선다.

남들 안 볼 때는

벨소리 못 들은 척.

울지 마시오

아파트 방송음이

기분 좋은 여자 성우 목소리라서 좋다했더니

실체는 기계음.

가끔 카운터에는

사람 대신 기계가 있었으면 좋겠다.

자기 아는 사람 오면

눈에 보이게 더 잘 대해주고 그러는 거

꼴불견이다.

기계음 그녀, 만나보고 싶다

결혼했는데

세상이 바뀐지가 언젠데

아직도 며느리를 무시하고

함부로 대해도 되는 사람인 줄 아나 보다.

쪽쪽 빨아먹으려고 하길래

치우고 나왔다.

공부는 폼으로 했나.

이혼하는 그대가 멋지다

경쟁력 있어 보이려고

확보한

수상경력,

그리고 갖가지 자격증 취득.

현실은

연봉은 남들하고 똑같고

일만 더 시킨다.

할 줄 모르는 게 최선인듯.

결국 회사에 남는 건

처세의 신.

전 아무것도 모른답니다

가끔 사무실에서 마주치면

간단히 인사하는 사람

일로도 연관 없고

마주칠 일도 없고

밥 먹을 일도 없는

잡담조차 나누지 않은

그냥 같은 회사 사람

그래도 화장실에서

복도에서 마주치면

언제나 인사는 했었지.

퇴사 후 어느 날

거리에서 마주쳤는데

그는 더 이상 알은체를 하지 않았다.

알다가도 모를 사이

다녔던 회사 중에

그래도 또 다니고 싶은 회사는

칼퇴근하는

회사.

추천 의향 있음

요즘은 학벌도 스펙도

노력에 비해

쳐주지 않는 것 같다.

그래서 깨달은 건

갖추어야 할 것은

실력이라는 것.

그런데

아무도 가르쳐주지 않는다는 것.

만일 조금이라도 가지면

빼먹으려고 안달인 것.

그냥 딴지 걸고 싶다 그래

친구는 가족회사에 다니시는 중이다.

회사 다니다 보니 자신이

꼭 주워온 아이같다는 생각이 든댄다.

딸은 부사장

아들은 전무

며느리는 계열사 사장 (회사 총인원 1명)

10명 정원에 임원이 참 많다.

업둥이의 반란

친구는

조건 많이 들어주는 회사는 믿지 않는단다.

그런 회사에 들어갔었는데

복리후생도 좋고

퇴직금도 별도고

동종 다른 회사보다 연봉도 높았는데

친구는 첫 월급을 받기도 전에 그 회사가

부도가 났단다.

나와 함께 회사를 다니면서도

전 회사 직원들이 몰려다니며

마음 고생을 많이 했다.

그런 그녀가 꼭 빼먹지 않는 건

겨드랑이 털 제모.

제모하면, 그녀 생각이 난다.

제모

지난 번에 쓴 이력서

면접 보라는 연락이 왔다.

하필 평일에만 면접이 가능하단다.

지금 회사와 그리 멀지 않은 곳이다.

12시에 면접 보고 싶다고 사정사정하니

그리하란다.

하루쯤 점심 굶어도 좋다.

뜻밖의 다이어트

사무실에는 참 사장님이 많은 것 같다.

이 과장도 잘 보면 자기가 사장이고

박 부장도 하는 짓이 꼭 사장이고

김 대리도 하는 짓이 자기가 사장이다.

사장 오브 더 사장은

이 상무다.

진짜 사장님은

첫 입사날

인자하게 웃으며

열심히 하라던데…

같은 처지입니다

한순간

총애에서 나가리가 되기까지 걸리는 시간

아들도 결혼할 때

부모님께 집을 받으면

결혼해서도

절대로 아내 편이 안 되어주고

끝끝내 자기 부모 편이 된다.

반대로 받은 것이 없으면

마누라 편이 된다.

집 사준다고 다 좋은 거 아니다.

내 남편이 내 편인 게 가장 좋다.

집은 안 사줘도 돼

사수해라.

그대의 아이디어

화장실에서
여 차장을 만났다.
10년 째 재직중인
모태솔로 여 차장.
얼굴 마주치면 민망해서
"안녕하세요" 했더니
눈길 한번 마주치지 않고
고개만 까딱하고 간다.
저게 10년 버티는 재주인가.

아이콘택트는 그저 로망

같이 입사한 혜선 씨.

나이는 나보다 여덟 살이 많다.

경력직이라 그런가.

사무실에서 잘 나가는 김 과장과

잘 아는 사이란다.

나이 어리다고

동기인데도

나를 엔간히 무시한다.

김 과장은 회사 간부 애를 뱄다는 소문이 돌더니

지금은 퇴사했다.

혜선 씨는 지금 무얼하고 있을까?

니들도 별거 아니야

디자이너로 일하는

민아 씨.

일은 별로 없는 것 같은데

하루종일 전화기를 붙들고 있다.

남자친구와 시시때때로 전화질을 하는 중이다.

지금쯤 헤어졌겠지

다시 한번 생각해 봐.

아니야. 흔들리지 마.

회사 다니는 우리도

참 힘들지만

사장님도

힘들겠지.

사람 다루는 게 가장 어렵다며.

사람 다루는 건 사원도 어려워요

회사 일이 힘들어서

고개를 숙이고 땅만 보고 걷는데

비정규직에서

정규직이 된

성 선배가 나에게 묻는다.

"잘 됐가?"

"아, 네."

얼떨결에 대답했다.

왠지 가슴이 따뜻해진다.

지나고 나니 배울 점이었네

6개월 먼저 입사했다고

참으로

선배 노릇 한번

제대로 한다.

6개월이 6년 같아서 그런가?

갑자기 사원 한 명이 느닷없이 결근을 했다.

아무래도 다른 회사에 면접을 보러 간 것 같다.

내일이면 더 열심히 다니거나
아주 성의 없어지겠지

말만 팀장제

잔존하는

부장

과장

부장이 과장 부려먹고

과장이 계장 부려먹고

계장이 대리 부려먹고

대리가 사원 부려먹고

사원이 알바 부려먹고

그러지들 않았으면 좋겠다.

그냥 각자 일은 각자가 알아서.

사장님도 남 부리는 거 어렵대요

끝나는 날이

정해지면

누구나 의욕이 없어진다.

헤어질 게 명백한 애인에게

공들이지 않는다.

철새를 사육하지 마라

회사는

가족이 아닌

잘 보여야 하는

서먹한

애인관계.

얼마나 짝사랑할 수 있느냐가 관건

우리 회사에

존재감 없는 분이 있으시다.

과장 직책인데

한번도 회사에 나온 적이 없으시다.

상사들은 그녀를

"따님"이라고 부른다.

따님의 투명인간설

눈이 왔다.

출근은 어떻게 하지.

15년 째 재직 중인 서 부장이

제일 일찍 출근해서 열심히 눈을 치우고 있다.

서 부장의 아내는

회사를 주름잡는 실세라서

꼴불견인데,

서 부장이 15년째 회사를 버티는 건

아마 저런 노력에서 나오나 보다.

마누라가 안티

뒷 배경이 창문이거나

벽인 자리

에어컨 바람이 잘 드는 자리.

이 땅의 회사원들이 인증한 명당자리

자기계발하러

문화센터에 등록했다.

수강료가 저렴했다.

성인 되어서 뭘 배우는 게 쉽지는 않다.

나의 취미가 누군가에겐 생계이므로..

이런 선생님 곤란하다.

말도 안 되는 재료비를 현금으로 받더니

가져오는 재료는 후줄근하고

자꾸만 뭘 팔아먹는다.

이거 사라

저거 사라

그리고 절대로제대로 안 가르쳐준다.

자기계발 시도했다가 인생을 배운 썰

크리스마스 때

내가 정말 싫어하던 상사가

책을 선물해줬다.

그 상사가 싫어서

회사도 때려쳤는데

몇 년 후에 그 책을 다시 보니

마음이 누그러진다.

그 여자 차가 빨간색 경차였는데

도로에 똑같은 차가 돌아다니면

움찔하곤 했었는데.

왕재수와 미운 정의 콜라보

어떤 학벌과 경력을 가졌든

선배와

공통점이 있으면

회사 생활이 편하다.

확실히 잘 챙겨준다.

상사가

나보다 낮은 학벌일 때는

그 대학 나와서 그렇게 일하냐

말할 때는

좋은 학교 나온 게 후회된다.

별 게 다 딜레마

친구의 동생은 갓난 아이를 어린이집에 보낸다.

시집 가서는 전업주부로 살겠다던 그 동생은

결혼 후 엄청난 현실을 깨닫고

어느 때보다 열심히 회사를 다닌다.

결혼 후 자연스럽게 아이를 낳았는데

그 아이가 어린이집 0세반에 다닌단다.

선생님께 꼬박꼬박 음료수를 상납해드리라고 했다

경력 단절로 고생하던 유부녀 선정 씨는

재취업에 성공했다.

집에 돌아가면

엉망이 된 집안

감기 걸린 아이가 기다리고 있지만

그중에서도 꼴불견 오브 더 꼴불견은

아내의 취업에 히죽거리는

남편이란다.

남의편의 정체

현국 씨가 갑자기

나에게 이상한 일을 맡긴다.

"이걸 제가 왜 해야 하죠?"

아리송하게 물으니 그는

내 전임자가 항상 해주던 일이란다.

허허허허허.

인수인계에 있었던가.

전임자의 인셉션

한 직원이 그만두자

남은 직원들은

그만둔 직원이 쓰던

모니터를 자기 모니터와 바꾸었고

그만둔 직원이 두고 간 사무용품을 가져갔다.

인체조직을 기증하고 나면 이런 기분일까.

그만둔 직원 자리에는

다른 사람들이 쓰기 싫은 물건들만 남았다.

그리고 그 자리에 새로운 직원이 왔다.

환한 얼굴로 인사하는데 미안하다

남 부장은 컴퓨터를 못한다.

당연히 엑셀이나 한글 파일은 그에게는

다른 차원의 세계다.

그래서 늘

다른 사람에게 시킨다.

그의 바탕화면에 있는 수많은 폴더를 지우고 싶다

오랜만에 대학 때 자주 가던 포장마차에 들렀다

순대 2천 원어치 사면

정말 많이 주던 곳이다.

따뜻한 순대를 비닐봉지에 담아

집에 오는데

문득 저 포장마차가 손님이 북적북적하니

훨씬 나보다 잘 나가는 것 같다.

대학 나와서

높은 취업률에 직장은 다니지만

포장마차가 훨씬 부럽다.

세상이 달라보이네

참 좋은 친구였는데

연봉 많이 주는 전문직에 몸담더니

애가 싹 변했다.

무슨 귀신 붙은 거 같다

살다 살다 지치면

생각한다.

의학대학원 갈까.

약학대학원 갈까.

로스쿨에 갈까.

내 인생의 마지막 반전

출근 시간은 늘 잘 지켜서

회사에는 일찍 나온다.

그런데 누가 알아주기나 할까?

아는 사람은 알겠지
아는 사람은 나뿐인데 …

아르바이트생이었던 미선 씨.

5년째 알바 중이다.

일이 도사 수준이라

그녀가 없으면 일이 안 돌아갈 지경이다.

그런데 정규직은 고사하고

비정규직 해보라는 말은 없다.

그러던 그녀가 갑자기 그만둔단다.

다들 그녀를 붙잡는데……

이제 그만 4대 보험의 은총을 받아봐

회사 생활하다 보면

상사가 미친 개가 되어

한 사람을 닭 잡듯이 잡는 구경을 하게 된다.

대부분 그런 코너에 몰리면

눈물을 보이는데,

문득 생각한다.

왜 울까?

미친 개를 인간으로 환원하는 한 과정

습관적으로 드는 생각

얼마나 이 회사에 다닐 수 있을까?

너도 생각하니?

대학원을 괜히 갔다.

논문 세미나한다고 막판에 80만 원이나 냈는데

논문 잘렸다.

그냥 다 포기했다.

쏟아부은 학비가 2천만 원이다.

그 돈 모으려면

회사를 몇 년 다녀야 하더라.

차나 한 대 뽑을 걸

한때 목조 건물이 유행했었다.

그 장점 또한 여러 가지인데

비용이 저렴하고

건축 기간이 복잡하지 않고 빠르단다.

빨리만 지어서 뭘할까?

제대로 지어야지.

내게 편한 것이
다른 사람에게는 불편한 것이 된다

"희정 씨!"

사내 정치 서열 1위 서 차장이

조용한 가운데

신경질적으로 말한다.

"네, 차창님."

희정 씨가 매 맞을 아이처럼 나간다.

"이거 왜 이래?"

그렇게 서 차장의 지랄은 계속되는데,

희정 씨의 조용한 목소리가 이어지더니

다시 자리에 앉는다.

알고 보니 별 일도 아니다.

남의 잘못을 크게 떠벌이는 일, 참 흔한 일이다.

그녀의 은퇴는 언제인가
교통사고라도

나와 친하게 지내던 예인 씨가

오늘부로 회사를 그만뒀다.

들어온 사람은 몰라도

나간 사람 자리는 참 크다.

매일 보던 사람을 볼 수 없다니

기분 참 이상하다.

또 만나

상사에게 왕창 깨지고

그 앞에서 울지 않으려고

애 먹었다가

자리에 돌아와 앉았는데

동기가 커피를 빼서

한 잔 준다.

그 커피보다도

동기의 미소가 더 달았다.

너밖에 없다

마트에 가면

사무실 옆자리에 앉은 사람들에게 줄 과자는 꼭 산다.

살아남기 위한 투자

실력도 없고
사무실에서 큰 소리만 치고
사원들 기죽이는
중년이
어찌 아직도 회사를 다니나 했더니
누구 애인이라더라.

연애는 못하는데

퇴사를 결심하면

아무래도 험담을 하게 된다.

어떤 이들은 의기투합하여

한날 한시에 퇴사를 한다.

좀 멋지다는 생각이 들었다.

외로운 회사 생활을 견디다 퇴사를 하고

나는 나와 사이가 좋을 것도 없는

얼굴만 아는 몇 명이

내 뒤를 이어 퇴사했다는 소식을 들었다.

퇴사도 무슨 전염성이 있나 보다.

본의 아니게 퇴사의 리더

친구가 고심 끝에 이직을 했다.

그곳에서 만난 총책임자라는 여자는

정확히 14개의 얼굴을 가졌다고 했다.

사람을 대할 때마다 천차만별로

얼굴이 바뀌는데,

친구는 앞날을 예견했다고 한다.

자아분열의 시작

잘 안 팔린다고

네가 빨간 립스틱 바르고 미니스커트 입고

좀 팔아보라는

잊혀지지 않는

전 상사의 어록.

남의 귀한 자식입니다

나를 몹시도 괴롭히던 그 상사

그 회사에 뼈를 묻을 것 같더니

그도 짤렸단다.

겁쟁이의 방황

회사를 다니다 보면

자주 사람이 바뀌는 자리가 있다.

오래 버티지 못하는 자리.

이상하게 그런 자리가 자꾸 걸려든다.

친구들 사이에서 종적을 감출 시점

대학 때도 무리 지어 다니는 친구들이 있다.

사이가 좋으면

다른 사람들은 절대로 안 끼워준다.

회사에도 그런 부류가 있다.

무리를 지어서 다니고

무리에 끼지 못한 사원은

투명인간 취급을 한다.

목욕탕에도 친한 여사들님끼리 무리를 지어

자리를 맡아서 아무도 못 앉게 한다.

묻어가는 인생

점심 시간 직후

노곤히 잠이 올 때쯤

커피를 맛있게 타서

직원들에게 돌려보자.

효과 있다

왜 내가 클릭만 하면

꼭 걸리는 건데.

복사기

회사 생활에 치이고 쪼이던

친구 남편은 거창하게

대학가에 카페를 개업했다.

하지만 그는 일찍 출근하는 일도 없었고

청소도 하지 않았고

손님 접대도 하지 않았다.

왜 니 장사인데 열심히 하지 않느냐고 말하면

"내가 사장인데 왜 이런 일까지 해야 하냐?"

라고 답하곤 했다.

그러다 카페는 빚만 만들고 결국 접었다.

그가 사장님이 되고 싶었던 이유

나이가 들면

경력도 생기고

연봉도 높아지겠지만

그래도

지금이 좋다.

언제든 바꿀 수 있으니까.

그만둘 수 있으니까.

젊음이 좋다

나를 괴롭히고

나에게 훈계하고

끝내 나는 쫓아낸 그 사람에게

왜 그리

마지막까지 공손하게 인사했었는지

모르겠다.

그저 초짜였네

대학원까지 나와서

직업훈련소에서

배운 기술로 지금까지 먹고 산다.

교육비 전액무료에, 교통비, 식비까지 받았었지.

가난했던 시절이라 너무나도 감사했다

직업훈련소의 선생님은

늘 "여러분들은 다해낼 수 있다"고 말해주었다.

그러니 꼭 취업을 하라고 했다.

지금 생각해도 눈물겹다

늘 란제리룩을 즐기며

은근히 가슴골이 드러난 옷을 입는 것을 좋아하던

나 팀장은

자신은 먹고 살기 위해서 일하는 게 아니라

집이 부유한데

집에만 있으면

할 일이 없고 심심해서

회사에 나온단다.

그럼 좀 사라져주지

아는 대학 선배는

회사에 입사를 했는데

아무도 일을 안 준단다.

그래서 한 달 째

에어컨 빵빵 나오는 회사에서

바람이나 쐬면서

인터넷 검색만 하다

집에 온단다.

천운을 누리는 자, 여기 숨어 있다

회사 생활에서 배우는 것들은

다른 공부와는

차원이 다르다.

진짜 공부다

점심 시간에

심부름을 시킨다했더니

알고 보니

새 직원 면접 보는 자리였네.

그 자리 내 자리라네.

☆

팀장, 진정한 직원 소믈리에

회사에서 만난

동료들은

절대

친구가 될 수 없다고 생각했는데

나도 잊어버린 내 생일

동료들이

축하한다며

선물을 준다.

그 친구들 생일까지 버틸 수 있을까?

알고 보니

수학보다

영어보다 중요했던

엑셀

한글 파일

포토샵

그리고 인터넷 브라우저의 상식

진작에 투자해야할 것들

할 일도 없는데
그녀는 야근을 한다.
자신의 직속 상사가
야근을 하기에
따라서 한다.

의리가 밥 먹여준다

네 가족을 부양해야 한다는

이 부장은

늘 절실하다.

혼자 힘으로

혼자 살아가야 하는

김 대리는

이 부장 같은 사람에게 밀릴 때마다

어디로 가야 할지 암담하다.

사는 건 누구나 힘드는데

화장실에서

오줌을 누는데

갑자기 누군가 뛰어와

급똥을 싼다.

문을 열고 못 나가겠다.

금방 문 열고 나올 것 같아서.

찌찌뿡

사표를 쓰고

가는 여행길이

제 맛이로다.

여행을 가기 위해
회사를 다닌다는데…

일요일 밤 9시만 되면

강림하는

월요병

낫는 방법이 있긴 한데…

처음 입사에서 일을 잘 몰라서

선임에게 좀 물었더니

팀장이 나를 불러

훈계했다.

"일 잘하는 줄 알고 뽑았더니, 잘못 봤네."

알고 보니 둘이는 비밀 사내연애중 ♡

아무래도 잤겠지…

걔들만 보면 이상하게 야한 생각…

헤어져라 헤어져라

회사가 네임밸류도 있고

연봉도 괜찮았지만

그만둔 이유가 있었다.

내 책상이 없었다.

생각할수록 웃김

소개팅한다고

떡화장에 옷 쫙 빼입고

남자와 마주 앉아

콧소리 내며

럭셔리하게

스테이크를 먹는데

대각선 방향으로

우리 회사

이 대리가

나를 보고 웃네.

누가 여기서 만나라고 했어

왠지 복 있는 사람.

회사가 폐업해서 백수된 사람

한때 재택근무에 매력을 느껴

겁나 검색해봤는데

대부분 사기글이었다.

그래도 요긴하게 재택근무 하는 사람들이 많다는 거

잘가.

잠시 너에게 많은 의미를 됬었다.

퇴사 후 명함에게

움찔

왜?

왜?

전에 다니던 회사에서 전화
어떻게 나왔는지 생각하는 중

업무 수행 중에

타인과의 연결 시에는

항상 증거를 만들어놓는다.

딴소리하는 이들이 많아

덮어쓰지 않기 위해

그런데 운명의 날이 왔다.

상사가 자기 실수를

덮어씌우려고 하길래

증거를 들어

반박하니

분위기가 더 안 좋아졌다.

솔 로 몬 은 없 다

패션테러리스트

회사 가기 싫은 날

슬리퍼

텀블러

미니 가습기

미니 선풍기

손목보호대

가방 걸어둘 고리

로션

치약 칫솔.

회사 생활의 주요 준비물

사직서 양식과 이력서 양식은

내게 쓴 메일함에

자리를 차지하고 있다.

백업의 기술

안경을 두고 왔다.

구두를 짝짝이로 신고 왔다.

바지 끝자락이

양말 속에 들어가 있다.

내 무의식이 안티

누군가는 말한다.

자꾸 딴데 옮겨봤자

거기가 거기라고.

하지만 포기하고 살 수는 없잖아

언제나 스마일이던 그녀가

갑자기 안 나온다.

그녀가 하던 일이

다 내 일이 되었다.

그녀에게 친절해야 하는 이유

사당역에서 환승

동대문 운동장에서 환승해서

출퇴근을 하는 미나 씨는

언제나 킬힐을 신고 있다.

쌩얼인데도

마스카라만 칠하고 오는

예진 씨도 있다.

철야하는 날에도

안경을 안 쓰고

싸클렌즈로 버티는 미라 씨도 있다.

이런 게 자기 관리인가

도시락 안 싸도 되는 회사

청소 담당자가 있는 회사

여초나 남초 직장이 아닌 회사

명절날 상여금을 주는 회사

사람들이 잘 안 바뀌는 회사

이상형의 회사

세번째 이직

초판 1쇄 발행 ㅣ 2015년 3월 20일

지은이 ㅣ 김대리
펴낸이 ㅣ 공상숙
펴낸곳 ㅣ 마음세상

주 소 ㅣ 경기도 파주시 한빛로 70 507-204

신고번호 ㅣ 제406-2011-000024호
신고일자 ㅣ 2011년 3월 7일

ISBN ㅣ 979-11-5636-050-6 (03810)

문의 및 원고 투고 ㅣ maumsesang@naver.com
maumsesang@nate.com
홈페이지 ㅣ http://maumsesang.blog.me
까페 ㅣ http://cafe.naver.com/msesang

값 11,000원

국립중앙도서관 출판예정도서목록(CIP)

세번째 이직 / 지은이: 김대리. – 파주 : 마음세상, 2015
　 p. ;　 cm

ISBN 979-11-5636-050-6 03810 : ₩11000

수기(글)[手記]

818-KDC6
895.785-DDC23　　　　　　CIP2015004544